紫藤小屋的冒险

第一章先生的独特经历。约翰·斯科特·埃克克莱斯

我发现它记录在我的笔记本上,那是1892年三月底的时候,天气阴凉而多风。我们坐在午餐时,福尔摩斯收到了一封电报,他草了答复。他没有说任何话,但事情仍留在他的思想中,因为之后他站在火堆前,张着一张沉思的脸,抽着烟斗,不时瞥了一眼消息。突然,他眨着眼睛调皮地看着我。

他说:"我想,沃森,我们必须把你当成一个文人。""你如何定义'怪诞'一词?"

我建议:"很奇怪-很棒。"

他对我的定义摇了摇头。

他说:"当然还有更多的东西。""这是悲剧性和可怕性的一些潜在暗示。如果您将思想重新回到折磨着一个长期饱受苦难的公众的那些叙述中,您将认识到怪诞事件加深了犯罪分子的频率。一开始就足够怪诞的红发男人的外遇,但最终却以绝望的抢劫告终,或者再次,五个橙色小子中最怪诞的外遇,直接导致了谋杀性的阴谋这个词使我警觉。"

"你在那里吗?" 我问。

他大声朗读电报。

"刚刚经历了最令人难以置信的怪诞经历。我可以咨询您吗?

斯科特·克莱克
"邮局,查令十字街。"

"男人或女人？" 我问。

"哦，男人，当然。没有女人会发送回信电报。她会来的。"

"你会见他吗？"

"亲爱的沃森，你知道自从我们锁上了上校之后我一直很无聊。我的头脑就像是赛车引擎，因为无法与它的建造工作联系在一起，所以变得支离破碎。生活是司空见惯的，这些文件是徒劳的；大胆和浪漫似乎已从犯罪世界中永久消失了。那么，您能问我，我是否准备好研究任何新问题，无论它可能多么微不足道？但是在这里，除非我弄错了，是我们的客户。"

楼梯上传出了一个踏实的脚步，片刻之后，一个矮胖，高个子，灰色胡须和庄重可敬的人被带进了房间。他的生活史写成沉重而自负。从他的口角到金黄色的眼镜，他是一个保守派，一个礼拜堂的人，一个好公民，正统派，并在某种程度上达到了传统。但是一些奇妙的经历打乱了他的内在镇定，使他的痕迹留在了他刚硬的头发，脸红，愤怒的脸颊以及他急躁而激动的态度上。他立即投入业务。

他说："福尔摩斯先生，我经历过最奇异和不愉快的经历。" "我一生中从未遇到过这样的情况。这是最不适当的，最令人发指的。我必须坚持进行一些解释。" 他肿胀起来，怒气冲冲。

"请坐下，斯科特先生，" 福尔摩斯用舒缓的声音说。"首先，我可以问你为什么要来找我？"

"好吧，先生，这似乎与警察无关，但是，当您听到事实时，您必须承认我不能将其留在原地。私人侦探是我所和的班级听到您的名字，绝对没有同情，但仍然如此-"

"相当。但是，第二，你为什么不一次来？"

福尔摩斯瞥了一眼手表。

他说："是过去四分之一。""您的电报大约派出了一封。但是没有人可以瞥一眼您的厕所和衣服，而不会看到您的烦扰是从醒来的那一刻开始的。"

我们的客户抚平了他不毛的头发，感觉到他的下巴不剃光。

"你是对的，福尔摩斯先生。我从没想过我的洗手间。我很高兴能离开这样的房子。但是我来找你之前一直在四处打听。我去了房子。代理商，你知道，他们说加西亚先生的房租已经付清了，而且在紫藤小屋里一切都井井有条。"

"来，来，先生。"福尔摩斯笑着说。"您就像我的朋友沃森博士一样，他有一个坏习惯，总是把自己的故事讲错了头。请安排您的想法，让我以适当的顺序告诉我，那些事件使您毫不犹豫地离开了，蓬头垢面，穿着靴子和背心的纽扣歪了，以寻求建议和帮助。"

我们的客户看到自己的非常规外观时，脸色发红。

"我敢肯定，它看起来一定很不好，福尔摩斯先生，而且我不知道我一生中曾经发生过这样的事情。但是我会告诉你整个同业，而当我这样做的时候，你我敢肯定，我会承认有足够的借口给我。"

但他的叙述被扼杀在萌芽状态。外面太忙了，太太。赫德森打开大门迎来了两位健壮，外表端庄的人，其中一位众所周知，是苏格兰造船厂的检查官格雷格森，他精力充沛，勇敢，在他的限制范围内，有能力的官员。他与福尔摩斯握手，并介绍了他作为萨里警察的贝恩检查官的同志。

"我们一起狩猎，福尔摩斯先生，我们的步道就是朝这个方向。" 他把斗牛犬的眼睛转向了我们的访客。"你是李波汉姆之家的约翰·斯科特·埃克莱斯先生吗？"

"我是。"

"我们整个上午都在关注你。"

霍姆斯说："毫无疑问，您是通过电报找到他的。"

"是的，福尔摩斯先生。我们在查令十字邮局拿起了香气，就来到了这里。"

"但是你为什么跟随我？你想要什么？"

斯科特·埃克莱斯先生说："我们希望对导致昨晚埃瑟附近的紫藤小屋的阿洛伊修斯·加西亚先生死亡的事件发表声明。"

我们的客户坐起来凝视着他的眼睛，他惊讶的脸庞上透出各种色彩。

"死了？你是说他死了吗？"

"是的，先生，他死了。"

"但是怎么？出事了？"

"谋杀，如果有的话。"

"天哪！这太可怕了！你不是故意的，不是我怀疑我吗？"

"在死者的口袋里发现了你的一封信，据我们所知，你打算昨晚在他家中通过。"

"所以我做了。"

"哦,你做到了,是吗?"

官方笔记本出来了。

"稍等一下,格雷格森,"福尔摩斯说。"你想要的只是一个简单的陈述,不是吗?"

"我有责任警告史考特先生,它可能会被用来对付他。"

" 先生将在您进入房间时告诉我们。我想,屈臣氏,白兰地和苏打水不会对他造成伤害。先生,我建议您不要在听众中注意到这一点,而且您的叙述完全按照您从未被打扰过的方式进行。"

我们的访客吞下了白兰地,颜色变回了他的脸。他怀疑地望着检查员的笔记本,立刻陷入了他的非凡陈述。

他说:"我是一个单身汉,并且在社交上很友善,我结交了很多朋友。其中有一个叫梅尔维尔的退休酿酒师的家庭,他住在肯辛顿阿伯马勒大厦。在他的桌子旁几周前,我遇到了一个叫加西亚的年轻人,据我所知,他是西班牙裔,与使馆有某种联系。他的英语说得很流利,举止很讨人喜欢,和我一样像一个男人。在我的生活中见过。

"从某种意义上说,这个年轻的家伙和我建立了相当的友谊,他似乎从一开始就喜欢我,在我们见面后的两天内,他来找我见了李。一件事情导致了另一件事,最后,他邀请我出去在埃舍尔和奥克肖特之间的紫藤小屋里呆了几天,昨天晚上我去埃舍尔完成了这次约会。

"在我去那里之前,他已经向我描述了他的家庭。他与一个忠实的仆人住在一起,他是一个自己的乡下人,照顾他的所有需要。这个家伙会说英语,并为他做家务。他说,做饭的厨师是混血儿，可以做一顿精美的晚餐，我记得他说过，在萨里市中心找到一个奇怪的家庭，我同意他的看法。，尽管事实证明它比我想的要怪。

"我开车去了那地方-在埃舍尔南侧约两英里处。那房子是一间大小适中的房子，站在马路后面，弯弯曲曲的道路上铺着高高的常绿灌木。当陷井在污迹斑斑，风雨如磐的门前的草丛中驶过时，陷阱就拉开了，我对拜访一个我这么了解的人的智慧感到怀疑。但是，他本人亲自向我打招呼，热情地向我致意，我被交给了一个仆人，一个忧郁而生机勃勃的人，他把我的手提包带到了我的卧室，整个房间令人沮丧。。我们的晚餐很长，虽然我的主人尽了最大的努力去娱乐，但他的思绪似乎一直在徘徊，他的说话含糊而含糊，以至于我几乎听不懂他的声音。，了一下指甲，还给了他其他一些不耐烦的迹象。既没有很好的服务，也没有很好的煮熟，沉默寡言的仆人的阴郁无助的存在使我们变得活跃。我可以向您保证，在傍晚的过程中，我希望我能发明一些借口，使我回到李区。

"有一件事情回到我的记忆中，这可能与你们两位先生正在调查的业务有关。我当时对此一无所知。在晚餐快要结束时，仆人递了一张纸条。我注意到我的主人看过它，他似乎比以前更加沮丧和陌生，他放弃了所有的假装，坐在椅子上坐着，抽着无尽的香烟，迷失了自己的思想，但他对内容没有评论，大约十一点我很高兴。上床睡觉。一段时间后，加西亚看着我的门-当时房间很暗-问我是否有横档，我说我没有，他为这么晚打扰我道歉。那已经快一点钟了，我从那下车下来，整夜睡得很香。

"现在我进入了我的故事的奇妙部分。当我醒来时，它是光天化日的。我看了看表，时间已经快到九点了。我特别被要求叫八点钟，所以我非常惊讶在这种健忘的情况下，我四处张望，为仆人而来，没有任何反应，我一次又一次地响起，结果也一样。然后我得出结论，铃铛失灵了。我缩在衣服上，匆匆忙忙楼下的人脾气暴躁，想订购些热水，当我发现那里没有人时，我可以感到惊讶，我在大厅大喊，没有答案，然后我从一个房间跑到另一个房间，都空无一人。我的房东给我看了前一天晚上那是他的卧室，于是我敲了敲门，没有回信，我把手转过身，走进去。房间是空的，床从来没有睡过。休息，外国主人，外国仆人，外国厨师全都在黑夜中消失了！它到紫藤小屋。"

夏洛克·福尔摩斯揉着手，咯咯地笑着，他把这件怪异的事件加进了他的奇怪情节中。

他说："据我所知，您的经历是完全独特的。""先生，请问您当时做了什么？"

"我很生气。我的第一个想法是，我曾经是一场荒唐的恶作剧的受害者。我收拾好东西，砸在我身后的大厅门上，手里拿着书包出发去逛逛。我打电话给艾伦兄弟，村里的主要土地代理，发现别墅是从这家公司租来的，令我感到震惊的是，整个程序几乎都不是为了愚弄我。目的一定是要摆脱租金，这是三月下旬，所以要四分之一日就到了，但是这种理论是行不通的。代理商有义务警告我，但告诉我租金已经付清了。提前，然后我去镇上，打电话到西班牙大使馆，那个人不认识。在那之后，我去看了梅尔维尔，在那儿我第一次见到加西亚，但是我发现他对这件事的了解不多最后，当我收到您对我的电报的答复时，我向您走了出来，因为我认为您是一个提供建议的人 困难的情况。但是现在，先生。检查员，我知道，从您进入房间时所说的话，您可以继续讲这个故事，并且发生了一些悲剧。我可以向您保证，我所说的每个字都是事实，而且，除了我告诉您的内容外，我对这个人的命运一无所知。我唯一的愿望是尽一切可能帮助法律。"

斯科特·埃克莱斯先生，我确信这一点，我确信这一点。"我一定要说的是，您所说的一切都与我们注意到的事实非常吻合。例如，晚餐时便有那张纸条。您是否有机会观察它的结局？"

"是的,我做到了。加西亚把它卷起来扔进火里。"

"你对此说什么,贝恩斯先生?"

那个国家的侦探是个矮胖,胖胖的红人,他的脸只被两只异常明亮的眼睛从粗暴中救了出来,几乎藏在厚重的脸颊和眉毛后面。他带着缓慢的微笑,从口袋里抽出一张折叠的,变色的纸屑。

"这是一条狗,福尔摩斯先生,他把它弄得太高了。我从它的背面烧掉了它。"

福尔摩斯微笑着表示赞赏。

"您必须非常仔细地检查过这所房子,才能发现一小块纸。"

"我做到了,福尔摩斯先生。这是我的方式。我会读吗,格雷格森先生?"

伦敦人点点头。

"该笔记写在没有水印的普通奶油色纸上。它是四分之一页。用短刃剪刀将其切成两截,切成三折。用紫色蜡封好,放进去。匆忙地用一些扁平的椭圆形物体压下,写给了紫藤小屋的加西亚先生,上面写着:

"我们自己的颜色,绿色和白色。绿色开放,白色关闭。主楼梯,第一条走廊,右第七,绿色百色。。

"这是女人的作品,用尖笔完成,但是地址要么用另一支笔完成,要么由其他人完成。如您所见,它更粗,更粗。"

霍姆斯瞥了一眼,说道:"这是非常出色的音符。" "贝恩斯先生,我必须赞扬您,在检查过程中注意细节。也许会添加一些琐碎的点。椭圆形的密封圈无疑是一个普通的袖扣，那又是什么形状？剪刀是弯曲的指甲剪。只要两个剪短，就可以清楚地看到每个剪裁中的相同的轻微弯曲。"

那个国家侦探笑了。

他说："我以为我已经榨干了所有果汁，但我发现还剩一点。""我一定要说的是，除了手头上有东西，还有一个女人，像往常一样，我什么也没做。"

先生。在这次谈话中，斯科特·埃克莱尔坐立不安。

他说："我很高兴您能找到便条，因为它证实了我的故事。""但是我要指出的是，我还没有听说加西亚先生发生了什么事，也没有听说他的家庭情况如何。"

"关于加西亚，"格雷格森说，"这很容易回答。今天早晨，他在离家近一英里的寻常地被发现死了。他的头被沙袋或类似仪器的重击砸成纸浆，那是压碎而不是受伤的地方，这是一个寂寞的角落，在该地点四分之一英里以内没有房屋，显然他是先从后面被击落的，但是他的袭击者在他被击中很久以后就继续殴打他。死了，这是一次最猛烈的袭击。没有脚步，也没有向罪犯提供任何线索。"

"被抢？"

"不，没有试图进行抢劫。"

他说："这非常痛苦，非常痛苦和可怕。" 斯科特·埃克莱斯用一种微弱的声音问道，"但是，这对我来说确实很难受。我与我的房东在夜间游览中走得很痛，结局很可悲。我如何与案件混淆？"

"很简单，先生。"检查员贝恩斯回答。"死者口袋里发现的唯一文件是您的来信，说您将在他去世之夜与他同在。这封信的信封给了我们死者的名字和地址。今天早上九点，当我们到达他的房子时，既没有找到您，也没有发现其他人，我在检查紫藤小屋时，与格里森先生在伦敦撞倒了您，然后我进城，与格里森先生一起来到这里，是。"

格雷格森说道："我现在想，我们最好把这件事变成正式的形式。斯科特·埃克莱斯先生，您将和我们一起到车站，让我们以书面形式提出您的声明。"

"当然，我会立刻来。但是，福尔摩斯先生，我会继续为您服务。我希望您不遗余力，不遗余力地了解真相。"

我的朋友求助于国家检查员。

"我想您不反对我与您的合作，贝恩斯先生？"

"先生，我很荣幸。"

"你所做的一切似乎都很敏捷和有条理。关于这个人死了的确切时间，我能问什么线索吗？"

"他从一点钟就去过那里。那时候大约下雨了，他的死肯定在下雨之前。"

"但是，贝恩斯先生，那是完全不可能的，"我们的客户喊道。"他的声音是明确的。我可以发誓那是他在那个小时在我的卧室对我讲话的。"

霍姆斯笑着说："非常显着，但绝不是不可能。"

"你有头绪吗？" 格雷格森问。

"从表面上看，这个案子不是很复杂，尽管它肯定表现出一些新颖而有趣的特征。在我敢于提出最终和明确的意见之前，有必要进一步了解事实。"巴恩斯，在检查房屋时，除了这张纸条以外，您还发现其他任何值得注意的东西吗？

侦探用一种奇怪的方式看着我的朋友。

他说："有一两件非常了不起的事情。也许当我在警察局完成工作后，您会愿意出来告诉我您对它们的看法。"

"我完全为您服务，"夏洛克·福尔摩斯敲钟。"哈德森太太，您将把这些先生们带出来，并用这封电报给这个男孩。他要付五先令。"

访客离开后，我们静静地坐了一段时间。福尔摩斯用力地抽着烟，棕色的眼睛垂在他敏锐的眼睛上，他的头以那个人特有的渴望的方式向前推。

"好吧，沃森，"他问，突然对我说，"你怎么看？"

"我对斯科特的神秘化无能为力。"

"但是犯罪？"

"好吧，随着该男子同伴的失踪，我应该说他们在某种程度上与谋杀有关，已经逃离了司法。"

"这当然是一种可能的观点。但是，从表面上看，您必须承认，他的两个仆人本应对他进行串谋并应该在他被捕的一个晚上袭击他，这是很奇怪的。一个客人。他们每隔一周晚上都要让他一个人摆布。"

"那他们为什么飞？"

"非常如此。他们为什么飞？有一个很大的事实。另一个重要的事实是我们客户的出色经验，斯科特·埃克森。现在，我亲爱的沃森，提供一种解释涵盖了我们的创造力，这超出了人类的创造力这两个大的事实？如果它也是一个以奇特的用语接受神秘笔记的原因，为什么，那么，作为一个暂时性的假设是值得接受的。该方案，那么我们的假设可能会逐渐成为解决方案。"

"但是我们的假设是什么？"

福尔摩斯半闭着眼睛向后靠在椅子上。

"您必须承认，亲爱的沃森，开个玩笑的想法是不可能的。正如续集所显示的那样，正在发生严重的事件，而将斯科特派克哄骗到紫藤小屋也与之有关。"

"但是有什么可能的联系？"

"让我们逐个联系。从表面上看，年轻的西班牙人和苏格兰牧师之间的这种奇怪而突然的友谊是不自然的。是前者迫使步伐。他呼呼另一个牧师。在他初次见到他后的第二天，伦敦尽头，他一直与他保持密切联系，直到他把他带到那里去，现在，他想要带吗？能提供什么东西？ 。他不是特别聪明，不是一个很会机灵的拉丁人的人，那么，为什么他从加西亚遇到的所有其他特别适合他的人中挑选出来呢？ "我是说他有这种素质。他是英国传统的尊敬型人物，是给另一个英国人留下深刻印象的人。你看到了自己，检查员们都不曾梦想质疑他的说法，尽管如此。"

"但是他要见证什么？"

"事情没有结果，但是一切都以另一种方式发生了。这就是我读的事情。"

"我知道，他可能证明是不在场的。"

"是的，我亲爱的沃森；他可能证明了一种不在场证明。出于辩论的考虑，我们将认为紫藤小屋的住户在某种设计上是同盟的。无论如何，尝试都会失败，我们会说在一点钟之前，由于钟表的一些杂乱，它们很有可能比他想象的早了早点睡觉，但是无论如何，当加西亚不顾一切地告诉他，如果加西亚可以做任何他想做的事，并在提到的那个小时之前回来，那显然是对任何指控的有力回应。这名无可指责的英国人随时准备在任何法院宣誓。被告一直在家里。这是防范最坏情况的保证。"

"是的，是的，我明白了。但是其他人的失踪呢？"

"我还没有我所有的事实，但是我不认为有任何无法克服的困难。但是，在数据面前争辩仍然是错误的。您会发现自己理智地将它们扭曲以适应您的理论。"

"还有消息吗？"

"它是如何运行的？'我们自己的颜色，绿色和白色。" 听起来像是赛车，"绿色打开，白色关闭"。这显然是一个信号："主楼梯，第一走廊，右第七，绿色百汇"。这是一项任务，我们可能会发现一个嫉妒的丈夫，这显然是一个危险的追求，如果不是这样，她就不会说" "。"

"这个人是西班牙人。我建议''代表多洛雷斯，多洛雷斯是西班牙的一个普通女性名字。"

"太好了，沃森，非常好-但非常不可接受。西班牙人会用西班牙语写信给西班牙人。这封信的作者肯定是英国人。好吧，我们只有耐心地拥有自己的灵魂，直到这位出色的督察员回来为我们服务同时，我们要感谢我们的幸运命运，这使我们摆脱了无聊的懒惰，使我们在短短的几个小时内得到了拯救。"

在我们的萨里军官返回之前，霍姆斯电报的答案已经到来。福尔摩斯看了一眼，正要瞥见我的期待的面孔时，正准备将它放在笔记本上。他笑了起来。

他说:"我们正在朝着崇高的方向前进。"

电报是姓名和地址的列表:

哈灵比勋爵,小叮当;乔治·佛格洛特爵士,奥克肖特塔楼;先生。,,地点;先生。詹姆斯·贝克·威廉姆斯,福特老堂;先生。亨德森,高山墙;转速 约书亚·斯通

霍姆斯说:"这是限制我们业务范围的非常明显的方式。" "毫无疑问,贝恩斯以他的方法论思想已经采取了一些类似的计划。"

"我不太明白。"

"好吧,亲爱的同伴,我们已经得出结论,加西亚在晚宴上收到的信息是约会或分配。现在,如果显而易见的阅读是正确的,并且为了保持尽量的口吻,登上主楼梯并走到走廊的第七扇门,很显然这所房子很大,同样可以确定这所房子离不能超过一英里或两英里,因为加西亚正走在那儿。根据我对事实的理解,并希望能够及时回到紫藤小屋中利用借口,这种借口只能在1点之前有效,因为靠近的大房子的数量必须是有限,我采用了一种明显的方法,将其发送给斯科特·提到的代理并获取它们的列表。这里是电报中的内容,而我们纠结的绞线的另一端必须位于其中。"

大约六点钟,我们来到了美丽的埃舍尔素里村,与视察员贝恩斯为伴。

福尔摩斯和我整夜都在收拾东西,在公牛处找到了舒适的住所。最终,我们在参观紫藤小屋时与那名侦探一起出发。那是一个寒冷,黑暗的游行之夜,阵阵狂风和细雨打在我们的脸上,是通向我们道路通行的野外野蛮地的合适环境,也是通往我们的悲惨目标。

2. 圣佩德罗老虎

几英里的寒冷和忧郁的步行把我们带到了一个高高的木门，它开进了一片阴暗的栗子大道。弯弯曲曲的阴影将我们引向一幢低矮而暗淡的房屋，黑色漆成板岩色的天空。从门左侧的前窗窥见微弱的光线。

巴恩斯说："有一个警察。""我会敲窗户。" 他跨过草地，用手在面板上轻拍。我透过雾蒙蒙的玻璃朦胧地看到一个人从火炉旁的椅子上蹦出来，听见房间里传来一声强烈的叫声。刹那之后，一个脸白，呼吸困难的警察打开了门，蜡烛在他颤抖的手中颤抖。

"怎么了，沃尔特？" 巴恩斯敏锐地问。

该名男子用手帕擦了擦额头，松了一口气。

"先生，我很高兴你来。这已经是一个漫长的夜晚，我不觉得自己的神经那么好。"

"你的神经，沃尔特斯？我不应该以为你的身体有神经。"

"好吧，先生，这是寂寞寂静的房子，是厨房里奇怪的东西。然后，当你轻拍窗户时，我以为它又来了。"

"那又来了什么？"

"恶魔，先生，据我所知。那是在窗户上。"

"窗子是什么，什么时候？"

"大约两个小时前。光线刚刚消失。我正坐在椅子上看书。我不知道是什么让我抬起头来，但是有一张脸透过下面的窗格看着我。先生，这是一张怎样的脸！我会在梦中看到它。"

" ，，。这不是警员的话。"

"我知道，先生，我知道；但是，先生，这让我震惊了，没有理由否认。它不是黑色的，先生，也不是白色的，我也不知道任何颜色，而是一种奇怪的阴影，例如粘土，上面撒了些牛奶，然后它的大小-长官，是你的两倍，它的外观-凝视的大眼睛凝视着眼睛，洁白的牙齿像饥饿的野兽。先生，告诉你，我无法动弹，也无法呼吸，直到它拂过去消失了。我跑过灌木丛，但感谢上帝，没人在那里。"

"如果我不知道你是个好人，华尔兹，我应该为此加一个污点。如果这是魔鬼本人，是值班警员，则永远不要感谢上帝，他无法将手放在他身上。我想整个事情不是愿景和神经吗？"

霍姆斯说："至少，这很容易解决。" 在对草床进行了简短检查之后，他报告说："是的，我应该说是十二号鞋。如果他的脚和他的脚一样大，那他肯定是个巨人。"

"他怎么了？"

"他似乎突破了灌木丛，走向了道路。"

"好吧，"检查员面带严肃而周到的脸说，"不管他过去是什么，无论他想要什么，他都已经离开了现在，我们还有很多紧迫的事情要处理。现在，福尔摩斯先生，经您允许，我将带您参观整个房子。"

各种卧室和客厅都没有得到仔细检查的结果。显然，房客带给他们的东西很少或没有，而所有家具，直到最小的细节都已被房子接管了。留下了很多印有马克思和高霍尔本公司印章的衣服。已经进行过电询，这表明马克思除了知道自己是个好付款人之外，对他的顾客一无所知。个人财产包括零星杂物，一些烟斗，一些小说，其中两本是西班牙文，老式的针火左轮手枪和一把吉他。

"这一切都没有，"巴恩斯在房间里到处打着蜡烛，手持蜡烛。"但是现在，福尔摩斯先生，我请你注意厨房。"

那是房子后面的一间阴暗，高高的房间，在一个角落里有一根稻草垫，显然是做饭的床。桌子上堆满了吃了一半的盘子和脏盘子，是昨晚晚餐的残骸。

"看看这个。"贝恩斯说。"你怎么做的？"

他举起蜡烛，站在梳妆台后面的一个非凡物体上。它是如此的皱缩，萎缩和枯萎，以至于很难说它可能是什么。一个人只能说它是黑色的皮革，与矮人的人形有些相似。起初，当我检查它时，我认为它是一个木乃伊的黑人婴儿，然后它似乎是一只非常扭曲而古老的猴子。最终，我对它是动物还是人存有疑问。一条白色的贝壳被绑在其中心周围。

"非常有趣-确实非常有趣！" 福尔摩斯说，凝视着这个险恶的遗物。"更多的东西？"

在寂静中，拜恩斯带领水槽前进，伸出蜡烛。一只大而白的鸟的四肢和身体被残暴地撕成碎片，羽毛依旧散落在上面。霍姆斯指着割断头上的荆棘。

"一只白公鸡，"他说。"最有趣！这确实是一个非常奇怪的案例。"

但是先生 贝恩斯将他最险恶的展览保留到最后。他从水槽下面画了一个装有大量血液的锌桶。然后他从桌子上取了一个盘子，上面堆满了小块烧焦的骨头。

"有些东西被杀死，有些东西被烧了。我们把所有这些东西都从火上踢了出去。今天早上我们有个医生。他说它们不是人。"

福尔摩斯笑了，揉了揉手。

"检查员，我必须祝贺您处理如此独特而有启发性的案件。如果我可以不加罪责地如此说，您的权力似乎胜过您的机会。"

检察官贝恩斯的小眼睛高兴地闪烁着。

"你是对的，福尔摩斯先生。我们在各省停滞不前。这种情况给一个人一个机会，我希望我会接受。你如何看待这些骨头？"

"应该说是羔羊还是小孩。"

"那只白公鸡？"

"很好奇，贝恩斯先生，很好奇。我应该说几乎是独一无二的。"

"是的，先生，在这所房子里一定有一些非常陌生的人，他们的生活方式很奇怪。其中一个已经死了。他的同伴有没有跟随他并杀死他？如果他们这样做，我们应该拥有它们，因为每个港口都受到监视……但是我的看法是不同的。是的，先生，我的看法是非常不同的。"

"那你有理论吗？"

"霍姆斯先生，我会自己动手的。这完全是出于我自己的功劳。你的名字叫好了，但我仍然要做我的。我很高兴能够在以后说我有在没有您帮助的情况下解决了它。"

福尔摩斯高兴地笑了。

"好吧,好吧,检查员。"他说。"您会沿着自己的道路前进,我也会跟随我的。如果您愿意向我申请,我的成绩将始终为您服务。我认为我已经看到了我在这所房子中想要的一切,而且我的时间可能在其他地方就业,赚钱更多。金矿,祝你好运!"

我可以通过无数微妙的迹象(可能是我自己以外的任何人已经失去的迹象)看出,福尔摩斯的气味很热。对休闲的观察者来说,他从未像现在这样冷漠无情,但他那明亮的眼睛和活泼的举止表现出一种柔和的渴望和紧张的感觉,这使我确信比赛已经开始。在他的习惯后,他什么也没说。在我的之后,我没有提出任何问题。足以让我分享这项运动,并为我的拍摄提供了谦虚的帮助,而不会因不必要的干扰而分散专心的大脑。一切都会在适当的时候到我身边来。

因此,我一直在等待-但令我越来越失望的是我徒劳地等待着。一天成功了,我的朋友没有前进。一天早晨,他在镇上度过,我从一个偶然的参考中得知他参观了大英博物馆。除了这次旅行外,他花了很多时间在漫长而又孤独的散步中度过了自己的一天,或者与他认识的许多乡村八卦聊天。

他说:"沃森,我敢肯定,在这个国家度过一个星期对您来说是无价的。" "很高兴再次看到树篱上的第一枝绿芽和榛树上的柔花序。用一具短桩,一个锡罐和一本有关植物学的基础书,这是值得指导的日子。" 他本人用这种设备四处逛逛,但这是一个糟糕的植物表演,他会带回一个晚上。

偶尔在我们的漫步中,我们遇到了检查员贝恩斯。当他向我的同伴打招呼时,他那张红色的胖胖的脸微笑着打招呼,他的小眼睛闪闪发光。他对案件没有多说,但从那一点我们就知道,他对事态也不感到不满意。但是,我必须承认,在犯罪发生大约五天后，我打开晨报以大写字母查找时，我感到有些惊讶：

奥克肖特之谜
一个解法
逮捕所谓的刺客

我读新闻头条时，福尔摩斯在椅子上跳来跳来，好像他被住了一样。

"拜托！" 他哭了。"你不是说贝恩斯抓住了他吗？"

"显然，"我在阅读以下报告时说：

"昨晚获悉，因与奥克肖特谋杀案有关而被捕，在埃舍尔及附近地区引起了极大的兴奋。人们会记得，紫藤小屋的加西亚先生被发现死于奥克肖特。 ，他的身体显示出极度暴力的迹象，而当晚他的仆人和他的厨师逃离，似乎表明他们参与了这次犯罪活动。有人建议但从未证明，已故的绅士可能在其中有贵重物品。侦查官贝恩斯（）已尽一切努力确定逃犯的藏身之处，他有充分的理由相信他们没有走得太远但是潜伏在已经准备好的撤退中，但是从一开始就可以确定，作为一个厨师，最终将被一两个商人瞥见他的证据而被发现。透过窗户，是一个最出类拔萃的人，是一个巨大而丑陋的混血儿，带有明显的黑色类特征的淡黄色特征。此人自犯罪发生以来一直被发现，因为当晚他胆敢重访紫藤小屋时，被警员沃尔特发现并追捕。巴恩斯检查员认为，这种访问必须有一定目的，因此有可能再次发生，他放弃了房屋，但在灌木丛中留下了伏击。该名男子走进陷阱，昨晚在一场斗争中被野蛮人咬伤，昨晚在一次挣扎中被捕。我们了解到，当囚犯被带到治安法官面前时，警方将向他申请还押，并且希望从他的被捕中获得很大的发展。"

"真的，我们必须立即见到贝恩斯，"福尔摩斯喊道，拿起帽子。"我们将在他开始之前抓住他。" 我们赶紧沿着村子里的街道走，发现我们所期望的是检查员正要离开他的住所。

"你看过报纸了，福尔摩斯先生？" 他问，向我们伸出援手。

"是的，贝恩斯，我已经看过了。如果我给你一个友好的警告，祈祷不要以为是自由。"

"警告，福尔摩斯先生？"

"我已经仔细研究了这个案子，但我不确信您的立场是正确的。除非您确定，否则我不想让您投入过多。"

"你很好，福尔摩斯先生。"

"我向你保证，我代表你的利益。"

在我看来，像眨眼之类的事情在先生先生的眼前颤抖了一下。贝恩斯的小眼睛。

"我们同意按照自己的路线工作，福尔摩斯先生。这就是我正在做的事情。"

"哦，非常好。" 福尔摩斯说。"别怪我。"

"不，先生；我相信你对我的好意。但福尔摩斯先生，我们都有我们自己的系统。你有你的系统，也许我有我的系统。"

"让我们不再赘述。"

"永远欢迎我的消息。这个家伙是个完美的野蛮人，像马车一样坚强，像魔鬼一样凶猛。在他们掌握他之前，他几乎了下来唐宁的拇指。他几乎不会说英语。，除了咕咕，我们什么也做不了。"

"而且您认为您有证据证明他谋杀了已故的主人？"

"福尔摩斯先生，我没有这么说；我没有这么说。我们都有我们的小方法。你尝试一下，我会尝试我的。那就是协议。"

当我们一起走开时，福尔摩斯耸了耸肩膀。"我不能把那个人弄出来。他似乎要摔倒了。好吧，正如他所说，我们每个人都必须以自己的方式，看看结果如何。但是检查员在贝恩斯上有些东西我不能很明白。"

当我们回到公牛的公寓时，夏洛克·福尔摩斯说："坐在椅子上，沃森。" "我想让您及时了解情况，因为今晚可能需要您的帮助。就我所能追踪的情况而言，让我向您展示此案的进展。的特点，在逮捕方面仍然存在令人惊讶的困难，我们仍然需要填补这一方向上的空白。

"我们将回到他去世的那晚被送给加西亚的便条。我们可以撇开这种关于巴恩斯的想法，即加西亚的仆人对此事感到关切。这一点的证据在于事实是他安排了斯科特教会的存在，这只能是为不在场证明的目的而做的，那是加西亚，那天晚上他手头有一个企业，显然是一个犯罪企业，死了，我之所以说"刑事"，是因为只有一个有犯罪活动的人想要建立一个犯罪现场，然后那个人最有可能夺走了他的生命？在我看来，我们处于安全的基础上。

"我们现在可以看到加西亚一家失踪的原因。他们在同一起未知的罪行中全都成为同盟。如果加西亚返回时一切都消失了，那么英国人的证据就会掩盖一切可能的怀疑，一切都会好起来的。但是这种尝试是一种危险的尝试，如果加西亚没有在某个小时前返回，很可能是他自己的生命被牺牲了，因此，在这种情况下，他的两个下属将做出一些预先安排。他们可以逃脱调查并在以后有能力重新尝试的地点。这将充分说明事实，不是吗？"

整个莫名其妙的纠结似乎在我面前变直了。我一直想知道，像以前一样，这对我来说并不明显。

"但是为什么一个仆人要回来？"

"我们可以想象，在混乱的飞行中，遗留下了一些他无法忍受的珍贵东西，这可以解释他的坚持，不是吗？"

"那么，下一步是什么？"

"下一步是加西亚在晚宴上收到的纸条。它表示另一端是同盟国。现在，另一端在哪儿？我已经向您展示了它只能躺在某个大房子里，并且数字大型房屋的使用是有限的，我在这个村庄的第一天致力于一系列的散步，在我进行植物学研究的间隔中，我对所有大型房屋进行了侦察，并检查了居住者的家庭历史。，只有一个吸引了我的注意力，它是著名的高山墙老雅各布农庄，在牛头山的另一边一英里，距悲剧现场不到半英里，其他大宅属于平淡无奇且受人尊敬的那些远离浪漫生活的人，但亨德森先生，山墙高大，总的说来是一个好奇的人，好奇的冒险可能会降临到他身上，因此，我将注意力集中在他和他的家人身上。

"屈指可数的一群人，沃森－这个人本人是所有人中最奇异的。我设法以合理的借口见到他，但我似乎以他那黝黑，深，沉思的眼睛阅读，他完全了解我是个真正的商人，他五十岁，强壮，活跃，有着铁灰色的头发，浓密的黑眉毛，鹿的脚步和皇帝的气息--一个凶猛，精明的人，炙人口他要么是外国人，要么在热带地区生活了很长一段时间，因为他既黄又无汁，却像鞭子一样坚强，他的朋友兼秘书卢卡斯先生无疑是外国人，巧克力色的棕褐色，狡猾而温和屈臣氏（），我们已经遇到了两组外国人，一组在紫藤小屋，另一组在山墙高，所以我们的差距开始缩小。

"这两个男人是密密麻麻的朋友，是家庭的中心；但对于我们的直接目的，还有另一个人可能更为重要。亨德森有两个孩子，分别是十一岁和十三岁的女孩。伯内特小姐，是一个四十岁左右的英国女人，还有一个机密的仆人，这个小团体构成了真正的家庭，因为他们一起旅行，亨德森是一个伟大的旅行者，总是在旅行，只有在最后几周内缺席了一年之后，他又回到了高高的山墙上，我可能会补充说他非常富有，不管他的想法如何，他都可以很轻松地满足他们的需要，其余的，他的房子里到处都是管家，仆人和女仆。，以及英国一所乡间别墅通常工作过度，工作不足的员工。

"如此之多，我部分是从乡村八卦中学到的，部分是从我自己的观察中学到的。没有什么工具比被解雇的仆人心怀不满，我很幸运地找到了一种。我称之为运气，但我走不了路如贝恩斯所说，我们所有人都有我们的系统，正是我的系统使我得以找到约翰·沃纳，后者是高山墙的晚期园丁，被他那不敬的老板一时的脾气解雇了。轮到室内仆人中的朋友们团结起来，他们害怕并讨厌主人，所以我掌握了这个机构的秘密。

"好奇的人，沃森！我还没有装作一无所知，但无论如何，他们还是非常好奇。这是一栋双翼房屋，仆人住在一侧，家庭住在另一侧。两者之间没有联系除了亨德森自己的仆人（他为家庭提供饭菜）外，所有东西都被带到一扇门，形成了一个联系，女教师和孩子们几乎不外出，除了进入花园外，亨德森从来没有机会独自走过。秘书就像他的影子。仆人之间的闲话是他们的主人非常害怕某种东西："把他的灵魂卖给了魔鬼，以换取金钱，"华纳说，"并期望他的债权人能够提出自己的债权。'他们来自何处，或者是谁，没人知道，他们非常暴力，亨德森两次用鞭子鞭打民间，只有他的长钱包和高额赔偿使他无法出庭。

"好吧，沃森，现在让我们根据这一新信息来判断情况。我们可以认为这封信来自这个陌生的家庭，是对加西亚的邀请，邀请他们进行已计划好的尝试。注意吗？是城堡中的某个人，是一个女人，然后又是伯内特小姐伯内特小姐，我们所有的推理似乎都指向这一点，无论如何，我们可以将其作为假设，看看会带来什么后果我可以补充一点，伯内特小姐的年龄和性格可以肯定，我对我们的故事可能有爱情的最初想法是不可能的。

"如果她写了便条，想必她是加西亚的朋友和同盟。那么，如果听说他的死，她会被期望做些什么？如果他在某个邪恶的事业中遇见了她，她的嘴唇可能会被密封。她的内心，她必须对那些杀死他的人保持痛苦和仇恨，并尽可能地帮助她报仇他们，我们能见到她，然后再尝试利用她吗？那是我的第一个念头。自从谋杀之夜以来，伯内特小姐就再也没有被人看到过，从那天晚上她彻底消失了，她还活着吗？也许她和朋友在同一天晚上结了婚。她已经被召唤了吗？还是她仅仅是一个囚犯？我们仍然需要决定这一点。

"您会意识到情况的困难，屈臣氏。我们没有什么可以申请逮捕令的。如果将整个过程放在治安法官面前，我们的整个计划似乎是不可思议的。妇女的失踪毫无意义，因为在这个非凡的家庭中，任何成员它可能在一周内看不见，但目前她可能处于生命危险之中，我所能做的就是看房子，让我的经纪人华纳在门口保卫。让这种情况继续下去。如果法律无能为力，我们必须自己承担风险。"

"你有什么建议？"

"我知道她的房间是哪间。可以从厕所的顶部进入。我的建议是，你和我今晚一起去看看我们能否揭开谜底。"

我必须承认，这不是一个非常诱人的前景。充满谋杀气氛的老房子，奇异而可怕的居民，进路的未知危险以及我们合法地将自己摆在虚假位置这一事实共同削弱了我的热情。但是，在福尔摩斯的冰冷推理中有一些东西使他无法从他可能建议的任何冒险中退缩。人们知道，只有这样，才能找到解决方案。我默默地握住他的手，死了。

但是注定我们的调查没有那么冒险的结局。大约五点钟了，行军之夜冲进我们的房间，行军傍晚的影子开始掉下。

"他们走了，福尔摩斯先生。他们走了最后一班火车。那位女士走了，我把她带到楼下的出租车里。"

"很棒，华纳！" 福尔摩斯哭了起来，站了起来。"沃森，差距正在迅速缩小。"

出租车上是一名妇女，因精神疲惫而半倒。她在她的马甲上感到无聊，脸上露出一些最近的悲剧的痕迹。她的头无精打采地挂在她的乳房上，但是当她抬起它，呆滞的目光注视着我们时，我看到她的瞳孔在宽广的灰色虹膜中央是黑点。她被吸了鸦片。

"我像你建议的那样在门口看着福尔摩斯先生，"我们的使者，这位出院的园丁说。"当车厢出来时，我跟着它走到车站。她就像一个正在睡觉的人，但是当他们试图把她带进火车时，她却活了下来，挣扎着。他们把她推入了车厢。再次出去，我参加了她的比赛，让她上了出租车，我们来了，在我把她带离的时候，我不会忘记马车窗子上的脸。黑眼睛，皱着眉头的黄色魔鬼。"

我们把她带到楼上，把她放在沙发上，几杯最浓的咖啡很快使她的大脑从毒品的迷雾中清除了。贝恩斯被福尔摩斯传唤，情况迅速向他解释。

"为什么，先生，您已经得到了我想要的证据。"检查员热情地说道，握着我的朋友。"从一开始我就和你一样。"

"什么！你是在追寻亨德森吗？"

"为什么，福尔摩斯先生，当您在山墙高处的灌木丛中爬行时，我在种植园中的一棵树上攀爬，并在下面看到您。这是谁先得到他的证据。"

"那你为什么逮捕混血儿？"

贝恩斯笑了。

"我确信亨德森，正如他自称的那样，感到自己被怀疑了，只要他以为自己处于危险之中，他就会躺着并且不会动弹。我逮捕了错误的人，使他相信我们的眼睛离开了他。我知道他那时很可能会清理掉，并给我们机会让伯内特小姐遇见。"

福尔摩斯把手放在检查员的肩膀上。

他说："你将在自己的职业中崭露头角。你有直觉和直觉。"

贝恩斯高兴得脸红了。

"我整个星期都有一个便衣男子在车站等着。无论山墙高高的人走到哪里，他都会使他们看不见。但是当伯内特小姐离世时，他一定很难受。但是，你的男人接了她，一切都顺利了。很明显，没有她的证据我们就不能逮捕，所以我们越早得到陈述就越好。"

"每分钟她都会变得更强壮，"福尔摩斯瞥了一眼女教师。"但是告诉我，贝恩斯，这个人亨德森是谁？"

检查员回答："亨德森是唐·穆里略，曾经被称为圣佩德罗的老虎。"

圣佩德罗虎！这个男人的整个历史瞬间就回到了我身边。他曾以假装文明统治任何国家的最淫荡和嗜血的暴君而闻名。

坚强，无所畏惧，充满活力，他有足够的美德，可以使自己可恶的恶习强加于畏缩的人民十到十二年。他的名字在整个中美洲都是恐怖的。在那段时间的末尾，有普遍反对他的人崛起。但是他却像残酷一样狡猾，在遇到麻烦的第一声耳语中，他秘密地将自己的财宝运送到一艘由虔诚的信徒操纵的船上。那是一座空旷的宫殿，第二天被叛乱分子冲了进去。独裁者，他的两个孩子，他的秘书和他的财富都逃脱了他们。从那时起，他就从世界上消失了，他的身份一直是欧洲媒体上经常发表评论的话题。

"是的，先生，唐·穆里洛，圣佩德罗的老虎，"贝恩斯说。"如果您查一下，您会发现圣佩德罗的颜色是绿色和白色，与纸钞中的霍姆斯先生一样。亨德森是他自封的，但我追溯到巴黎，罗马，马德里和马德里，一直到他在巴塞罗那这艘船是86年代进来的。他们一直在报复他，但只是现在他们才开始发现他。"

"他们在一年前发现了他，"伯内特小姐说，她坐起来，现在正专心地跟着谈话。"一旦已经尝试过他的生命，但是某种邪恶的力量掩盖了他。现在，又一次，是高尚的，侠义的加西亚人跌倒了，而怪物却平安了。将会完成；这与明天的太阳升起一样确定。"她瘦弱的手紧握着，疲惫的脸庞因仇恨而变白。

"但是，你怎么来的呢，伯内特小姐？"福尔摩斯问。"英国女士怎么能参加这样的杀人事件？"

"我之所以加入，是因为世界上没有其他途径可以获得正义。英国的法律对多年前圣佩德罗流血的河流或该人拥有的宝藏有什么帮助？对您来说，它们就像在其他星球上犯下的罪行一样，但是，我们知道，我们已经了解了悲伤和痛苦中的真相，对我们来说，没有像胡安·穆里略那样的地狱般的恶魔，在他的受害者仍然生活的情况下没有安宁为复仇而哭泣。"

霍姆斯说："毫无疑问，他就像你说的那样。我听说他很残暴。但是你受到什么影响？"

"我会告诉你一切。这名恶棍的政策是以一种或另一种借口谋杀每一个表现出这样的诺言的人，使他可能及时成为危险的对手。我的丈夫-是的，我的真名是杜兰多 是伦敦的圣佩德罗大臣，他在这里遇见我并与我结婚。一个举世无双的人从未在地球上生活过，不幸的是，穆里略（）听说了他的卓越，以某种借口将他召回并开枪射击。他拒绝了我的命运，没收了他的财产，使我心灰意冷，心碎。

"那暴君的垮台而来。暴君如你刚才所描述的那样逃脱了。但是他毁了许多人的生命，他们最亲近的亲人在他手中遭受了酷刑和死亡，他们不愿再休息了。他们束手无策。一个在工作完成之前永远不能解散的社会，这是我在改造后的亨德森（）中发现堕落的霸主之后的责任，这使我能够与家人保持联系，并使其他人与他的行动保持联系。他是通过确保家庭女教师在家庭中的地位来做到这一点的，他几乎不知道每顿饭都要面对他的那个女人是他的丈夫，他在一个小时的通知中匆匆忙忙走向永恒。我对他微笑，对他的孩子做了我的职责，尽我所能，在巴黎进行了一次尝试，但以失败告终，我们在欧洲各地四处曲折地拉开追击者的步伐，最后回到这所房子，这是他第一次抵达英国时所住的地方。

"但是这里还有司法部长在等待。知道他将要返回那里的人，加西亚是圣佩德罗前最高贵族的儿子，他正与卑鄙的两个可信赖的同伴一起等待，三人均以同样的理由被解雇为了报仇，他白天无能为力，因为穆里略（）采取了一切预防措施，除了带着他的卫星卢卡斯（）或洛佩兹（）（他在他伟大的日子里广为人知）外，再也没有离开过。在预定的某个晚上，复仇者可能会找到他，我给我的朋友最后的指示，因为那个男人永远处于戒备状态，不断地改变他的房间。面向驱动器的窗口中的绿灯或白灯用于通知一切是否安全或最好将尝试推迟。

"但是我们一切都出了问题。从某种程度上来说，我使秘书洛佩兹感到怀疑。当我记完便笺时，他爬到我身后突然飞到我身上。他和他的主人把我拖到我的房间里，抱着判决我是被定罪的女商人，然后他们会在那里砍刀，如果他们看到了如何逃避契约的后果，最后，经过大量辩论，他们得出结论，我的谋杀太危险了。为了永远摆脱加西亚，他们堵住了我，穆里略扭动了我的手臂，直到我给他地址为止。我发誓如果我理解加西亚的意思，他可能会把它弄掉。写下来，用袖扣封住它，然后用仆人约瑟的手寄给我，他们不知道是怎么杀了他的，除了穆里洛的手把他击倒了，因为洛佩兹仍然守卫着我。我相信他一定在金雀花丛中等待着 路径蜿蜒曲折，经过他时击倒了他。最初，他们的想法是让他进入屋子并杀死他，使其成为被发现的窃贼。但是他们辩称，如果在调查中混为一谈，他们的身份将立即被公开披露，并且有可能遭受进一步的攻击。随着加西亚的死亡，追求可能会停止，因为这样的死亡可能会使其他人无法完成任务。

"如果不是因为我不知道他们的所作所为，现在对他们来说一切都会好起来的。我毫不怀疑，有时候我的生活处于平衡之中。我被限制在我的房间里，被最恐怖的人吓倒了。威胁，残忍地使我精神崩溃-看到我肩上的刺伤，以及胳膊上端到端的瘀伤--一次，当我试图从窗户上呼唤时，插口被刺入我的嘴里这个残酷的监禁持续了五天，几乎没有足够的食物将身体和灵魂保持在一起，今天下午给我带来了一顿丰盛的午餐，但是当我吃完它的那一刻，我知道我已经被吸毒了。记得半牵着，半扛在车厢上；在同样的状态下，我被送往火车，只有那时，车轮几乎在转动时，我才突然意识到我的自由掌握在自己的手中。 ，他们试图将我拖回去，如果不是没有这个好人的帮助，那个人把我带到了出租车上，我 谎 从来没有脱离过。现在，感谢上帝，我永远超越了他们的力量。"

我们都认真听了这个出色的声明。福尔摩斯打破了沉默。

他摇摇头说："我们的困难还没有结束。""我们的警察工作结束了，但是我们的法律工作开始了。"

"是的，"我说。"一个貌似合理的律师可以将其作为一种自卫行为。在背景中可能存在一百种犯罪，但只有在这种犯罪中才能对其进行审判。"

"来吧，来吧，"贝恩斯愉快地说道，"我对法律的看法比那更好。自卫是一回事。用冷血的手段诱使一个人谋杀他是另一回事，无论您可能惧怕他的危险如何。……不，不，当我们看到下一个吉尔福德巡逻的山墙高的住户时，我们所有人都将得到辩护。"

但是，历史的问题是，距离圣佩德罗虎要与他的沙漠见面还差一点时间。他和他的同伴机智而大胆，进入埃德蒙顿街上的一所旅馆，由后门驶入柯尔松广场，将追赶者从他们的轨道上甩了出去。从那天起，他们再也没有在英国见过。大约六个月后，蒙塔尔瓦（）的大幕和他的秘书西格鲁尔 都在马德里马德里酒店饭店的房间里被谋杀。犯罪归因于虚无主义，凶手从未被捕。拜恩检查员在贝克街上拜访了我们，上面印着秘书的黑脸，精巧的特征，迷人的黑眼睛和主人的簇状眉毛的印刷说明。我们不能怀疑，如果迟来了，正义终于到来了。

霍姆斯在晚间烟斗上说："一个混乱的案子，亲爱的沃森。""您不可能以您内心所钟爱的紧凑形式呈现。它覆盖了两大洲，涉及到两组神秘的人，而且由于我们的朋友斯科特·埃克莱斯 的高度尊敬的存在而使情况更加复杂。包容性向我表明，已故的加西亚人心智开明，自我养成的能力很强，这仅在一个事实是，在一个完美的丛林中，我们与我们值得合作的检查员保持了密切联系，这才引人注目。握紧要领，然后沿着弯曲曲折的小路指引。有什么地方您不清楚吗？"

"混血儿厨师归来的对象？"

"我认为厨房中可能有这种奇怪的生物。这个人是圣佩德罗偏僻地区的原始野蛮人,这是他的恋物癖。当他的同伴和他逃到某个预先安排的隐居处时,已经被占领了,毫无疑问,这是同盟者的同伴说服他离开的地方,这样就破坏了一件家具,但是混血儿的心却随它而去,第二天,他在开车经过窗户探望时发现警察,他被赶回去。他等了三天,然后他的虔诚或迷信驱使他再试一次,拜仁检查员以他一贯的机敏,将我面前的事件降到最低,真正意识到了它的重要性,并留下了沃森(),还有其他地方吗?"

"那只残破的鸟,一桶鲜血,烧焦的骨头,那个怪异厨房的所有奥秘?"

霍姆斯笑了,他在笔记本上找到了一个条目。

"我在大英博物馆度过了一个早晨,仔细阅读了这一点和其他要点。以下是埃克曼伏都教和黑人宗教的名言:

"'真正的伏都教徒在没有某些牺牲来滋生他的不洁之神的情况下,没有做任何重要的事情。在极端情况下,这些仪式采取人类牺牲和食人的形式。更常见的受害者是一只白公鸡,被拔掉了。活着的碎片,或黑山羊,喉咙被割伤,尸体被烧毁。

霍尔姆斯在慢慢地固定笔记本时补充说:"所以,我们野蛮的朋友在他的仪式中是非常正统的。这是怪诞的,沃森。"但是,正如我有话要说的那样,离怪诞只有一步之遥太可怕了。"

www.ingramcontent.com/pod-product-compliance
Lightning Source LLC
LaVergne TN
LVHW021745060526
838200LV00052B/3473